U0728398

秋

水伊人

范晓燕 ◎ 著

深圳大学社会科学部资助出版

长江出版传媒

长江文艺出版社

2009年摄于扬州瘦西湖

# ◤ 目 录 ◢

## 2013—2014 年

**2015 年**

秋水伊人

3

## 2016 年

秋水伊人

## 2017 年

**2018 年**

秋水伊人

秋

水伊人

2013—2014年

## ■ 庭院花荫，寂

被啮咬的寂寞
一点一点，啮成空虚，
梦芽犹裹紧在
二月海棠的花苞
——春意迟迟。

苔色染了斑驳旧墙
冷雨淅沥，
芽苞，绽裂开
捂不住的芬芳心液，流进
苔墙的残迹。

没有小巷卖花声
庭院花荫，冷寂，
风重，不知昼睡轻浅

将一枚散瓣

入襟，入梦里。

## ■ 向夜隐忍处，宣泄

睁开眼睛，不堪

一束星芒尖利地痛刺，

我，一遍遍放纵泪水

用心魂的苦涩

笨重地洗刷生活

原本必然承受的真实。

当起伏的赤潮泥沙

从血裂的心口磨砺，

风，不再沉默

回旋叩开暗窗的禁闭。

如果，今晚的月光

太轻，驮不起

如流苏树心被割裂的泣，

那就让它宣泄

向夜隐忍处，恣意！

## ■ 啼落一襟春痕

阶前苔老，柳色
已褪去稚嫩，
春又过半
墙头槐荫渐深，渐暗
藏着江南流莺。

暖薰的花气静悄
疏疏，竹帘风轻，
寻思旧事，桃红三月已染
梨花与人争白
欲吟诗意，未成。

窗沿，海棠半圻
沉寂了依旧黄昏，
闲卧里，听数声清啼
啼落一襟飞絮
——襟春痕。

## ■ 爱，是一种残缺

当彩陶纹的水云
悠然泛起，为什么，心
追寻爱去飘荡？
如风，随风，追逐风飘荡向
及不可及的远方。

爱，不过是心脆弱时
寻求的片刻依傍，
当记忆失血，滴入银瓶
直到无味无色
被永久封存地遗忘。

不要愚笨地追求完美
爱是残缺的惆怅，
谁，咬了一口红苹果？
那残缺原本是
熟透而青涩的情殇。

## ■ 孤独地享受孤独

孤独地享受孤独，如

自甘束缚的

一裹茧，一团思，

我用银色纯美的柔

一丝一缕，织成洁亮的囊袋

幽蓝如海的静闭。

如果你用抽绎的手

一层一层，把它

从幽闭中解脱出来，

那蜷蛹永远不会有

蜕变的，痛苦而美丽。

那样，一只蝶夭折了，

梦蓝色的蝶舞

未及风中折翅，就

夭折在失去自我孤独的

不复重生的僵死。

## ■ 风中站立的瘦柳

湖面的低影，清寂，

那不是水畔孑影

是秋风中的瘦柳

执拗，站在湖岸原地。

二月春风，曾经

剪裁它摇曳的婀娜，

五月一抹榴红

燃起它的绿焱夏日，

院外，它摇落秋声入夜

入菀葵紫梗的矮篱。

它在等待，等待

早看鹅黄曳暖残冬雪枝，

这就是它——

站立在那里的从容，

一绺绿意，一绺承诺

即使萧瑟风起。

## ■ 岩石裸露的欲火

锈色岩石裸露着
千年沉积的蠢动的欲望
在山脊，冷峻高耸，
狂野不羁的风，煽起它
压抑不住的火苗
点燃草木的春萌。

山林焦黑的缄默
诠释它心熔的熄灭
锯齿的参差记忆
留在了倒伏大地的杉松，
随那轰然一声，塌陷了
欲焱的裸奔，岩熔的喧吼。

山火，沉寂下去
地心不再涌动，

当岩风掠过空漠四野

狂骤的棱角钝了

一切，随一场华丽的葬礼

走向荒凉如初的岗冢。

秋水伊人

## ■ 石坞的舍子花

石坞的舍子花①

一次回眸，冷冷地艳，

开，一千年

落，一千年

花与叶永远等待

相遇而不遇的遥远。


阳光让我目盲

不是它太炫亮

是眼角裂纹的一层翳暗，

那一簇素白，死寂

如缀饰在隐痛胸口

---

① 舍子花：常生长在野外的石缝、坟头，花多白色和红色，别名"彼岸花"，秋天花谢后长叶，花与叶两不相见。又称"曼珠沙华"，有花妖曼珠与叶妖沙华的凄美传说，寓意为没有结果的爱情。

野菊花的吊唁。

心，仓促失落了
失落在舍子花的尘陌，
当石痈不再溃紫
风轻飏起来，
风里的阳光暖了
那里，可就是彼岸？

## ■ 半截废弃的桥墩

流，枯了，半截桥墩
想听船夫的粗犷号子，
它抖落去年雨涝
缠身的污泥残渣，
与岸边刺槐老树一同
守候着，结一个褚红色痛瘤
直到壮实的背驮起。

凸墩挽留的河床
一直伸向河道的尽头，如砌，
累累卵石，等待
记忆中的春水泛滥，
在宽缓的河心
孩童清亮的戏水声
从脚下，从头顶，再一次漫起。

当河岸开始潮湿

它低头，想看见桥墩下

一个清浏的漩

月光驮着繁星的梦

荡在竹筏篙声里。

可村头，黑狗叼着干咳的夜

在老槐荚果下喘气。

秋水伊人

## ■ 悬浮半空的楼群

楼檐，从海平线
远远地漂移过来。
一排修竹柔韧地站立檐下
如在咬耳聊天，
半坡清风，茅草披染暮衣
苍染了崖豆藤、篱栏。

莲眠小小池塘
犹含苞昨梦的呢喃，
它，等待——
从空中悬浮的楼群里
盘旋走出的人们
放缓脚步匆促的疲倦。

楼廊长臂环拥着
若虚空的山谷

摩天楼裙漂洗月湖一湾，

人流的白昼，来往的喧声

沉落在了湖心的寂

大梅沙椰风，渐晚。


　　位于深圳大梅沙的"万科中心"，是集办公、住宅和酒店多功能为一体的"漂浮"式大型建筑群，体现了美国斯蒂文·霍尔建筑事务所（Steven Holl Architects）"漂浮的地平线、躺着的摩天楼"的皈依自然的设计理念。

## ■ 立春了

天地，一抹明远
那是新春回眸。
立春了，院落人家
墙内飘出果盘笑语
泥金对联炫亮门楣楹柱。

冬末草根酝酿的梦
嫩芽，用一尖叶心吐诉，
檐前，风暖雨轻
筑巢的紫燕飞来飞去
忙衔润湿泥土。

栅栏边柳黄初泛
花蕾含苞如昔的美丽，无数，
一夜春风吹开了
将鲜绿二月
袅在少女的辫梢头。

## 梦，如果不是梦

暮色苍老，坠入
暗影的扑朔迷离，
夜浅，透亮着
比寂寞还低抑的灰色
一地素洁月光
染了梨花飘落的残泣。

这梦，如果不是梦
非白非红非黑
纷然如粉黛草的乱子，
幽淡了那只紫蝶
彩衣舞惑的幻紫色
一襟痴念，成虚！

夜，不耐寂寞
追逐若有若无的影子，

疲了，小憩月牙尖

一声犬吠将它拽出来

梦，被拽走了

我还蜷曲在梦里。

## ■ 如果，没有如果

如果，五月樱花

是你嫣然一笑，

那就燃烧仲夏之夜

让炽火染红将要凋谢的残瓣。


如果我的忧伤

能给你些许抚慰，

那就迎着风流泪

让四月雨季涨满涸眼


如果我的额皱

是你的深浅记忆，

那就用利刃再镌刻一道

让沟壑留在我的眉间。


如果，没有如果……

## ■ 将夜的寂寞填满

我的闲静，白桐树
多了一隅寂寞
庭院，荫深荫浅，
到桐叶渐黄，飘坠一地清冷
褐苔缀痕，斑斑。

鸢萝篱边，独坐
风起蔷薇轻颤，
一壶陈年酿，醉浓愁浓
点滴梧桐雨
将夜的寂寞填满。

半掩的黏湿雾色
被不眠撑开
即使片刻，也不到梦边，
每一个月缺的夜
雨檐梧桐，秋寒。

## ■ 红栎树静立着

红栎树的季节
风，俯拾起一叶秋天，
那欲焚的一树
静然孑立着
被走过的你，点燃。

如原野斑鹿的奔逐
起伏一浪激流，
如激流的湍急冷遇褐石
与你对撞在
似曾相识的瞬间。

久已荒弃的丘墟
开始有了阳光
一栎阳光煦暖，
风栖落在树下草垛
心芽，冒出了垛尖。

## ■ 一笺雨絮，谁听？

风撩起的雨点
是心的节拍
追随秋晚的脚步，姗姗，
雨，潇洒一襟
一笺雨絮谁听见？

黄昏暗涩了雨色
叶落，风飘一片，
轻轻撕拤的风
如轻裂的薄帛声
石缝渗出芜草的吟颤。

西窗夜雨的诉说
被风摇碎了
落入一枕独眠，
窗外静悄，悄然静在
紫茉莉花开的纷然。

## ■ 五月的夏夜

槐荫被冷落在僻角
路灯点亮了黄昏，
夜静下来，在眼睑静如落蝶
懒散的金发藓
披在小山坡的前襟。

五月的夏，一簇榴火
喧了虫鸣的细碎，
我闲踏过去
脚边的蘼芜草忘记开花
在夏风热吻里沉浸。

暗处的夜走了出来
收不拢的默想
被月光漂成纯白，
月眸，用它幽洁的注视
点亮我的黑眼睛。

## ■ 帘，春雨撩开了

巷口，初绽柳绿
春的心思犹浅，
柳线牵绊着窗格的思念
那木香藤攀爬的
江南雨碎的思念。

冷落街尾，少了人迹
铺地桃红点点，
一掬碎瓣无人怜惜
听风飘落花
把独卧黄昏飘暗。

月色染梨花雨白
偏湿了海棠红颜，
帘低，时时被细雨撩开
卷落天边疏星
一枕春睡，梦残。

## ■ 沐风浴雨的二月早春

二月的鹅黄柳
在扑面轻寒的小雨里洗过了，
柳雨一绺一绺
绺湿了江南的记忆
那池塘萍生的绿痕。

风，静不下来
在桃花烟林追逐光影的斑驳，
我追逐林间的风
追逐游走不定
已模糊的昨日身影。

攥紧在手心，是
紫薇花雨飘忽的梦的颜色，
你来了，如光如影
是风是雨，是
沐风浴雨的二月早春。

## ■ 守着残秋摇落

白昼，逗留得太长
被时间遗忘了，
如盲驴拉转的石磨盘
一圈一圈，在原地。
我守着山谷晚秋
看梧桐子纷然摇落，
一天一天，摇落
清寂无聊的日子。
风，扯着残枝败叶
断裂声太嘶哑，
哑了芜林秋色
一抹苍黄的无语。
粉红野雏荷，在开
灿烂了一方池塘，
午后的暖阳下
我，冷噤在独坐的风里。

## 梦，风牵扯不住

梦，风牵扯不住

飘荡如芜草的自由呼吸，

飘飞向——

未曾走失的江南

与你一起摇橹

一船烟雨，浅酌

看尽断桥柳絮，花絮

秋水，一泊萍踪

我踩着灰蓝暮色淌过去，

不愿等待的，是

放飞明天的蒲公英

它心系天涯，走远，

走过我的心洼

一季风，一季雨。

## ■ 花，一阶闲落

风老柳絮，老了
三月江南，
黄昏流落的心绪，如
紫荆花蕊柔软。
花，一阶闲落
散瓣清冷在叠残，
未及冬日里一点梅萼
盈袖暗香，远。

又是落花时节
花茔葬爱，谁怜？
不曾释怀的是
絮飘清风，一径落红浅。
如今，独自踏来
莫寻桃花苑，
那一地缤纷春已老
晚来，点点雨寒。

## ■ 夜，被冷风掖紧

蝙蝠翩飞的暮色
昏黄地斜斜，游荡的冥想
拽着它沉落下去，
沉落向墨蓝的夜
那弧形的深底。

不安定的星点
如绿荧光的狼眼在迂回游移，
夜，被冷风掖紧
我被孤独掖紧
夜里风里，沉溺。

霓虹街灯，把夜
膨胀成酒红色的奢靡，
我走进树林僻角
听，马尾松伸开蓬松躯干
托着夜心的寂。

## ■ 一垛月光荒寂了

风扯着夜不眠

一垛月光，荒寂了它洁白的忧伤，

任榉树的干枯老枝

撕裂夜的雾裳。


月芒银质般

一阵入肌，扎在裸臂的冰凉，

小园空寂里

我踩踏草露的清亮。


听冷雨点絮叨一夜

月光泛皱了，

皱了泥墙箬竹的新绿

眠了一卧海棠。

## 凹凸镜中真实的虚影

四面镜墙，哪一面

是我走过的真实虚影？

挺直的背脊被凸起

被拉成一弯石拱，

唇边上翘的黑痣

凹成烁亮的一颗星。

它是一块镜子

我，只是一个影子？

还是幻镜之虚像

凹凸了萎缩的实境？

当窥看的风破镜而入

镜墙迸裂了，从镜心，从影心

从纵横交错的裂隙

流出白色的泪银。

那清冷，那透亮

淋漓尽致，流向两眼枯洞，

流向昨日阳光不再的

虚实莫辨的人生。

秋水伊人

## ■ 叶落的秋，归来

落叶点燃的秋
从叶落的地方，归来，
风，还没有走远
从短发梢，飘落下
红桐叶语的碎细。

凤尾蕉叶在卷曲
冷缩了一径
紫叶草缠足的徘徊，
小路尽头，一卧碑石无语
如久违的默契。

铁栅矢车菊未开
留半围秋凉，
我拾起旧时心情，闲看
未捆扎的秋色

烂漫在木槿花篱。

建筑设计专家陈一新、费晓华伉俪，曾于深圳大学建筑设计学院任教。二十年后故地重游，漫步西北谷，熟悉的碑石犹在，为之作。

## ■ 一篱秋声，点滴

梧桐树叶，萎了

在飘在落，清冷无力，

最枯寒的那一枚

蜷在我裸寂的脚趾。

半壶秋色，独酌

疏淡了饮菊心绪，

饮尽一杯，未抵细雨黄昏

一篱秋声，点滴。

每一个迷失的雨夜

月缺，思念填不满，

又是小楼芭蕉

月残，在梦湿里。

## ■ 白玫瑰花瓣铺去的路

你走了，你没有走
因为等待中
一桅白帆，返了
一坪芳草绿了，
我以为那窗口重生的绿
春天会留在那里。

你走了，这不真实！
因为昨日病榻前
你的轻鼾微低，
也许是累了，一绺秀发
从我轻颤的指尖
滑落你苍白的耳际。

你走了，真的走了
随盖棺一声嘎吱

素绸缎裹覆下

一丝痛笑抿在嘴底。

那白玫瑰花瓣铺去的路

天堂远吗？别忘了

带走我最后一次

凝看你，撕裂的心泣。

    2014 年 10 月 12 日，苏湘走了。殡仪馆里，我泪眼模糊，看见她沿着白玫瑰花瓣铺撒的路，去了天堂……

## ■ 一米阳光锈蚀了

一米阳光锈蚀了

阴冷，泛着黑黄斑渍，

风皱的勿忘草

绿绸缎般柔弱

匍匐在西坡的背脊。


孤独的阳光

拽着我的瘦影一路逶迤，

走过的那一道心辙

湿了，枯了

碾成如秋冢的死寂。


白玫瑰花雨飘落下来

阳光突然踉跄

逃避似的向暗荫奔跑开去，

我，被草茵绊住

留在泪雨黄昏，风里。

曾为身患绝症而卧床病逝的周苏湘，写有《一米阳光》《窗外，草绿了》《白玫瑰花瓣铺去的路》等诗。周苏湘走后 11 天，忽惊闻噩耗，罗成琰也走了，两位大学同窗英年早逝，哀哉！

秋

水伊人

2015年

2015 年注定是不同寻常的一年，我走进了"世外桃源"，特献上林风溪影的一簇诗歌，以记之。

## 春归去了，秋

一绾春心，轻盈
在桃的粉颊
在柳的绿鬓，
在不期而至，我
欣然萌动地暗自掩抑。
待绕林风絮如语
春，归去了
有迹，无迹。

秋天会来吗？

一晚秋色，深沉
在一涧瘦水
在一围寒篱，
在落叶未扫，我
从容踏来的竹杖屐齿。

它，静默了

山径火枫的一季守望

有力，无力。


香云居小楼栏杆外，山林秋风渐起，作。

## ■ 当枯季开始泛潮

曾经的文字，鲜活

在淡烟染柳，绯樱飞花

现在，满纸狼藉，

字句发霉了，僵硬了

仔细掰开，也读不出

它的形象蕴意，

墨迹无序地堆叠

如稻草，如锯屑

堆叠陈旧酸腐的气息。

当枯季开始泛潮

久涸的心野，走来

山林的风，涧谷的雨，

竹笺湿了，润了

蓦然，一芽绽绿。

## ■ 等待我，寻来

你若近，若远
遁隐苍茫一线的天际，
我伸长心的触须
触及不到你，
桫椤羽叶叠绿的土垛
蛩吟，断了又续。

你，一直在那里
等待我的追寻
等待我追寻的虔诚步履，
山林，静寂了
心谷静寂了
草叶静悄地呼吸。

银杏叶落，沙沙
我寻过去，沿着渐逝的风迹，

偶遇的一刹那

啊，林美山，你

从梦中走出来

走进，云起①的梦里。

秋水伊人

———————————

①　云起楼，为教学主体楼群，由葱绿山林半拥围着，其建筑具有朴雅的书院气质。

## ■ 白蝴蝶花舞的夜

黝黑山林，张开
迷幻的灰濛雾幔
褐绿色的夜披落一地鲜衣，
步道，心情乱了
野姜花影在游移。

它，点点素白
点缀着清朗秋气，
花瓣抽长心思，伸得远远
如花仙子的裙带
曳过幽静的林尾溪。

为我，蝶舞清影
舞落雾月低低，
我嗅到暗自飘出栅栏外
风叶声里的郁香

山涧心涧，俱寂。

云起楼东侧，白色栅栏围住的小花圃，十月野姜花开着，每次沿金露花绿篱步道去110教室，清香溢来。

野姜花，又名白蝴蝶花，花瓣白色呈狭长形，一朵朵开在枝头上，像一群聚集的翩翩起舞的白蝴蝶。

## ■ 他指绕弧光，说

他昂着头颅，说

灵魂是山巅之苍鹰

无畏疾风折翅，

我，抖动双手

举起半截空虚的躯壳

叩问灵魂的存在。


他指绕弧光，说

灵魂是火与水的混合，

可我的太阳冻结了

心灵的伏流混浊了

没有任何意义的潮湿灵魂①

————————

① 古希腊哲学家赫拉克里斯特认为：灵魂是火与水
的混合物，有"干燥"和"潮湿"之分，最高贵、高尚的
灵魂像火一样"干燥而温暖"，理性与智慧只有干燥的灵
魂才能获得。

蠕动着匍匐的病态。

但那失魂的肉体
拒绝成为秃鹫觊觎的美味，
可它挣脱不出
山脚巨石滚落的覆压
断臂旁边，一滩腐泥
开出罂粟花的残骸。

## ■ 风中草叶的舞

起了，谁在风尖舞？
是草叶舞腰
一挽清风长臂，
草之舞，柔软无骨
如曳长的梦呓。

也许是一夜春梦
沉睡杉林竹坞
乍醒，翩然舞起，
舞醉红杉秋山
舞落须松萝，入清溪。

一溪杉影，摇了
寒润梵音的涟漪，
风中，草舞之旋足卷了
绕过前坡浅湾

篱边人家檐低。

忽又如少女裙带
轻纱浣水，一阵旋开去，
清媚一笑时
旋去五峰幽谷
——林影寂灭里。

　　图书馆对面峰峦叠翠，大树下一围石桌，我
闲坐里观松听涛。忽地，一阵涧风，将深壑斜坡
的细长草叶扬起，那草叶之舞纤柔婀娜，它一遍
一遍迎风舒展自己，我一遍一遍失神看呆，久久
地……

## ■ 一径心迹，无羁

小路，沿过去
被红栎树拉长，向
一涧林雾转弯，
那石磐瀑布处
不期的邂逅，是谁?
与冷杉的风相挽。

一径心迹，无羁
雾抹青苔痕浅，
独自绕来，苍松十围
寂寥无垢的足音
空寂了山谷
空寂了浮嚣尘烟。

涧水落溅时，小舟
一泊野渡横着

与我从容自闲，

当暮云迟重了，凝止了

白鹭悠然处

可有寒沙栖晚？

秋水伊人

## ■ 秋浓，最是林美山

山居心情，是
一抹春晕的桃花粉红，
是蝉蜕的仲夏
是枫泊的晚秋
是梅朵嫣然的暖冬。

秋浓，最是林美山
在与你邂逅的
一树丹桂，一树金榕，
叶落杉荫深处
醉入清溪，淙淙。

立谈，闲话渔樵
兴尽，不见日晚归舟，
归？不须归
礁溪风劲竹柏

青山无数，相拥。

香云居院墙后面半围松林溪谷，斜上一条长长石径至云起楼。一日闲来漫步，与之不期而遇，作。

## ■ 海心深藏的落寞

风带飘着昨夜雾痕
绕在龟岛山峦，
远处，灰蓝的幽雾
一堵浓密的云墙
从海平线消失的尽头倾斜过来
压碎岬角的沙滩。

一段陈迹旧笺
从往事抛锚的海底爬上来
一遍，一遍，
那不曾读完的字句
海苔用绿涎写满
被肢解的沉船断板。

浪咽着，涛啸着
应和着海蚀洞的鼓鸣声

那是喧沸的海心

深藏的落寞怅然，

我的心潮落了，涨了

漫过那一道远岸。

　　龟山岛，为孤悬于海上的火山岛屿，因其形似浮龟而得名，曾有祖籍福建漳州人的后裔散居于此。岛上有山峦湖潭、海蚀洞、温泉冷泉、硫气孔等景观，"龟山朝日"为宜兰八景之一。

## ■ 礁溪，一径寻来

礁溪，一径寻来
山巅天光云影
如一朵白莲的心禅，
踏碎蛩音蛙声
林峰涧谷，跋涉的足迹
刻记成一串路沿。

路沿，一径寻来
踝足链铃盈盈
从容地，摇响冷秋一涧，
如缕阳光撩开
五叶松林的浓荫
绿了脚印，深深浅浅。

深浅，一径寻来
飞瀑，桥廊，凉亭

野花粉红淡紫

点缀我向晚风裙的斑斓，

寻，寻到水尽处

——天淡云闲。

秋水伊人

## ■ 飓风鞭抽之后

骤然而至的飓风
恣意施虐，我面对长窗落地，
直视窗格的崩裂
山林的嘶吼，一起
摇撼大自然的暴戾。

我，惊呼一次次
九芎树被风尖鞘鞭抽打一次次，
一次一次，它
躯干挺直又折弯
棱枝碎叶落入泞泥。

也许扎根泥土
生气欣然，原本是造物主的恩赐，
高举的飓鞭，不是攫夺
而是再一次赐予

生的韧性和坚毅！

如淬炼后的新生
那高昂起的生命之绿，
透过玻璃窗的裂纹
绽芽在不经意
——我的回看里。


　　2015 年 9 月 28 日 17 时，"杜鹃"超强台风登陆宜兰南澳。我独自坐着，落地长窗外，15 级风力挟持电闪雷鸣、狂风暴雨呼啸而至……

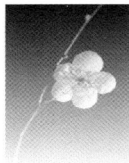

## ■ 光云馆的钟磬声

五峰山一瀑泻下
千寻白练
在褐岩石板上清浣,
高墙灰白寂寂
一斜石阶, 苔色渐深
踏了礁溪秋晚。

鸟啼疏林深处
白茅掩了溪水流绿的潺湲,
光云馆的钟楼
鸣了, 从山顶林杪
飘过来午时, 飘来
午时歇课的语喧。

它飘过前坡的风
带走一坡草绿

一坡虫声窸窣的轻酣，

飘过曼陀罗坊廊

我，一盏清茶浅啜

独自里诗书闲看。


无须利刃剔落心垢

芜杂的灵魂

已被钟磬声濯洗一遍，

纯净，了无尘埃

如游走的那片云

虚空中，渐行渐远。


  每日上课下课，以光云馆撞击洪钟报时。那浑厚而悠远的钟磬声，从山顶树杪的葱绿飘过来，清润了山林涧谷、居舍教楼……

## ■ 冷夜，二三相邀

夜如深冬，寒了
一枕山居旅思，
栏外，平川灯网疏密地烁动
到更深到天晓
鸟啼雨檐，初霁。

犹记晚来欲雨
二三相邀，一车疾驰，
山脚下小酒店
红泥火炉，闲话对饮
尽是萧散意绪。
待雨雾渐浓渐濛
已是酒阑灯起，
车窗外，远横的林美山
隐约如围如迎
在峰回路转，归时。

林美山的冬夜，应邀驱车下山，于小酒家聚饮闲话。归晚，车窗外盘山路灯昏黄，雨雾纷然。

## ■ 林美山的雾夜

心绪开始潮润

拥过来如雾的夜，如夜的雾

无处不在，散弥，

漫不经意地

从松树的细密针叶

从张开的指缝

从走过的石斑木篱。

是雾非雾，欲寻

是若有若无

生灭不定的一径残迹，

是世事苍颜

半遮面的薄纱，轻薄得

我无力将它撩起。

路灯扇开一弧绯晕

编织着朦胧的故事，

濛雾追逐过来

追逐身后想逃离的影子

追逐影子拽紧的

夜，灰蓝色的忧郁。


当夜，不再沉稳

密雾渐聚又散

一阵白茫如芦苇丛细语，

明天，我知道

不管是雨夜，晴夜

雾还会漫起，

从涧底，从心坳

漫向岔路口的迷茫处。


林美山香云居，灰蒙雾夜，灰蒙心绪。

## ■ 路沿，橄榄树落红

麻石路沿，飘落
一枚红叶，如黄莺一声啼，
在我漫步黄昏时
青青衣襟
啼落客愁，成缕。

两鬓斑色染霜
林寒，涧肃，径冷
尽落叶情绪，
昨夜西楼邀月
一盏一笺，醉墨乡诗。

老枝秃净的溪沟
只有橄榄树艳绿地撑开
等待与我邂逅，
雾起时天晚

山濛雨青，归去。

晚秋，崇文馆楼前一棵茂盛的橄榄树，在去往云起楼的麻石路沿，纷落一地红叶。

秋水伊人

## ■ 梦，游移在井沿

辘轳的绳，断了
牵着一垄涸田，
井口无语地张开大嘴
一角天空，踽踽
跌落井底的贪婪。

梦，湿漉漉地
游走牵牛花篱的井沿，
一失足，也跌落了
攀爬在井壁苔茸
风，独自走远。

徘徊不定的云影
还在逗留，等待，
它等待，从井底爬上来
洗干净的那一块

无尘垢的蓝天。

我，爬不上来
在心井，在梦底，天蓝。

## ■ 陌上黄花，稀

夏末疏离的季节
从隆起的赤脚背上
跫音滑落了，
　一袭素衣，一路竹杖
陌上黄花，稀。

榭叶密可透风
阳光渗进来斑斑点点
跳跃安静的亮绿，
亮了木屋炊烟
绿了瓦檐下的童嬉。

远峰青岚如水墨
一点白鹭画出，
矮墙麻竹林外
夕阳醉了——
跌倒在归处，那山脊。

## 书心的蝶影

还未折叠起书中
墨香犹淡的小诗
忽地，扑入一团浓黑的艳，
一只红腹墨蝶
暗淡了林岚的阳光
炫了卷风的帘。

瞬间，我被凝住了
是蝶影，是梦影
在书心在指尖？
在礁溪流溅的静寂下午
如窗外飘忽的
叶声，芦絮，林烟。

日暮归时，山野
掀开了路灯的雾幔，

我的夜思久久

留在了滴水坊

一扑蝶翅，一涧清溪

——入梦，入寒。

## ■ 菩提树下，我来了

菩提树下，静看
蝉鸣的午寂
槭叶飘秋的焰，
我脱卸踝链的长途跋涉
一掬阳光，一掬清露
洗净风尘素颜。

繁枝盘屈，如盖
遮绿了趺坐的鸟窠蒲团，
我一枕绿风
小憩满地清荫
听，心灵的恒河
一抹流沙无声潺湲。

参天树下，裸根
攒着大地厚德载物的缘，

"菩提本无树"

斜出一柯，是我

用暮色冥想

伸长向苍穹的高远。


2015 年 11 月 16 日，拜谒佛陀纪念馆，小憩于菩提树绿荫下，作。

鸟窠，据《五灯会元》记载：唐代道林禅师，于会稽秦望山，在繁枝盘屈如盖的松树上栖止修行，如小鸟结巢一样，故时人称他为"鸟窠禅师"。

秋水伊人

## 清风，一只梦蝶

半盏清茶的昼午

秋，冷艳了一畦雏菊，

一只墨蝶，倏然

扑在清风书页。

它的轻轻唇吻

似来自远古先哲的叩问，

我，一刹惊艳

是蝶梦，还是梦蝶？


它想用薄翼折成

一枚记忆书签

枯粘在我的眉额？

记忆深浅处，蝶影渐近

一袭青衫瘦骨

街角屋檐下趺坐，

风雨是他，孤寂是他

——何处寻得？

这，可是蝶吻夏日
最后一瓣玫瑰？
它扑向点燃心火的诗焰
即使翅尖迸星溅血，
那执着的扑火
为了忧郁孑行的灵魂
为了灵魂永恒的
浴火重生与冥灭。

一阵涧风来时，墨蝶
隐入山林幽谷，
明天，当我想起它
用一蕊烛花的红
用一闪星泪的黑？
不，用它渐去渐逝的地方
清空，玄远——
一抹天光云色。

滴水坊的下午茶，静读《周梦蝶诗集》。倏然，
一只黑翅红腹的墨蝶轻跌在桌面，我一刹惊艳……

周梦蝶（1921-2014），原名周先述，出生于河南南阳，台湾著名诗人。生活贫寒清苦，曾于台北武昌街边摆书摊，静坐修行二十年如一日，人称"苦僧诗人"。

## 让

周梦蝶

让软香轻红嫁与春水

让蝴蝶死吻夏日最后一瓣玫瑰，

让秋菊之冷艳与清愁

酌满诗人咄咄之空杯；

让风雨归我，孤寂归我

如果我必须冥灭，或发光——

我宁愿为圣坛一蕊烛花

或遥夜盈盈一闪星泪。

## ■ 山居雨寒，入夜

杉林，暮色洗过了
又是萧瑟秋雨，
可滴碎了江南
洞庭泊舟的渔笛晚声？
这山居雨寒，入帘
——归梦不成。

渐低迷的雨雾
摇响檐角风铃的湿冷，
思念的江南
雨碎的江南，是
一枚旧印遗落了，
那抠不出的凹凸篆字
犹留旧时心情。

小楼醒时，月缺

正清光如斑

将竹丛叶声染浸，

忽地，山涧风雨一阵急促

半开的窗扑来

——夜湿，夜沉。

## ■ 十六亭桥走出来

啊，十六亭桥

走出来吧，从惊蛰的春，

一枕青石流泉

一拱石梁木廊

独自徘徊里，我与你

——一缕魂萦。

你从荷曳的夏走出来

挽着夜凉风清，

桥墩边的素馨花

依傍石根苔泥

开了，落了

洁白的闲淡如禅定。

你从枫燃的秋走出来

大气沉静的朱漆

炫落繁华红尘，

野烟飞桥，伸长，伸远

可会通向那

僻幽的一曲心径？


你，一直在那里

注定在我寻来时

从梅絮飞红的冬走出来，

听涧，听松听涛

听我虔诚的脚步

此时，天地万籁虚静。


　　沿山路盘上，一座石墩木廊桥横卧于礁溪涧水之上，朱漆的长长连廊古朴典雅，刻有"十六亭桥"石碑立于桥头。每每黄昏，我独凭廊栏，听桥下的溪流声，那清溪与青石的进溅，如雪，如磬……

## ■ 曲长山道，从路口

山野的疏雨歇了

泡桐花倦飞，不记归时路，

褰起我的素色裙摆

一枕苔梦，眠在

风走过的青青石径。

曲长山道，无人

从豁然敞开的路口

敞开山襟坦荡的峭冷，

我掬起青苔的梦

一级一级跟随落叶，

回看，石级还在那里

沉静在它虚空一切的沉静。


我，走回自己

风晚，一林杉荫。

## ■ 那一场雪，下未？

门轻轻，轻轻掩闭了
回头一顾的离别，
匆促离别的，冬季的那一场雪
下了，未下?
都在我的思念里
思念的颜色，如雪之洁。

思念里，那雪下了
在我蓦然回看中，漫天飘着，
飘如飞樱的烂漫
飘如落梅的冷峭，
在涧底，在山麓
在远天阔海，有色，无色。

待到林雪消融
一分春色，二分流水

三分思念如礁溪流咽，

在心溪清浅处

我等你，明年冬天

——下了，末下

林美山的那一场雪。


交流讲学结束，仓促之间不舍而别。礁溪林
美山海拔约430米，海洋性气候常年冬日无雪。当
此诗修改完，昨夜，30年未见的一场大雪覆盖了
山林校园，那熟悉的青黛山色素裹在我思念的白
雪里。

秋水伊人

## ■ 滴水坊飘雨的黄昏

向晚，迷蒙雾起

细雨一阵飘寒，

滴水坊窗外，草地湿了

扑眼的绿溢了

干燥的心灵端坐着

等待烛之光将它点燃。

竹帘，卷风卷雨

卷一林秋残，

书脊笔直地挺立着

一字一句一行，有序无序

跳跃成缥渺的

叩问灵魂的雨烟，

在书眉，在浅溪深谷

渐近又渐远……

黄昏雨色如染。

曼陀罗滴水坊，一方木桌、一杯咖啡、一本诗集，一个飘雨的黄昏。

## ■ 乌心石的含笑

倏然，是蝉啼落的

是秋天遗落的

一枚洁白含笑，我俯身拾起，

它轻暖着指尖

无语，不知谁的沉默

深浸在这花心里?


不想把它夹在书页

因为那一枚含笑，许多年后

将泛黄成哑寂，

就让它飘落涧谷

听礁溪快乐地流溅

待来年，又是春绿。


它，依约的笑靥

不在紫莲明眸

在似颦非颦，烟横眉低，
当了却尘心零落时
可会坠依在——
青埂峰下一块顽石？

乌心石的花乍看，类似含笑花。半山腰的路边，一棵乌心石茂盛地撑开着，黄昏，每次去十六亭桥听溪流，经过此树下时，总拾起飘落草地的花瓣，轻嗅……

## ■ 夜，无人开启的门

风，敲打雨夜的门

扯下黑夜的遮饰
深栗色的寂寞
蜷曲门内，一盏鹅黄灯冷，
酥软温润的慵懒
用它的淡淡蓝调
弥漫了每一面墙根。
不羁的雨，在泛滥
如无缰的夜思，
风的敲打声，湿了
将飘窗的雨，一滴一滴
敲成一榻清寒
一榻纷迭的心情。

夜，无人开启的门。

## ■ 一季春心，在

一季春色，暖
不在柳梢，不在草尖。

封藏在春心的雨
终于落了下来，
春雨的夜，如倾如诉
墙根跫音分一半
到不眠的枕边。

开始潮润的心情
一阵晴，一阵阴，
顺着灰青瓦沟
乍然收起，忽又飘洒在
薮鹧啼暗的雨檐。

帘内帘外，轻湿

如雾的雨濡软了
濡成花落红泪的相思，
那相思，太沉
一夜雨线拎不断。

一季春心，在
一柯桃花，一线雨天。

## ■ 一线天际，欲语

流沙有痕无痕
追逐涨落的潮汐，
那一线天际
默然垂下，又默然升起
欲语，永远无语。

如月在天在水
流月的水，流水的月
在柳岸梦溪，
婆娑摇曳的是我
潺湲无声，是你。

缱绻的尘梦，轻浅
总在半醒半迷，
夜，轻轻一拨
如梧桐琴的微微指颤

哪一弦音，有你？

星河水浪的裙摆
荡开夜的蓝霓，
就将那一掬蓝装入心钵
酿作天边——
一卧醉饮，与你。

## ■ 一夜雨后，青苔

大雁惊寒的雨
湿皴了地衣青青，
一夜雨后
苔藓跳跃地爬上老樟树
沿着旧识的小径。

蔓生的清润心绿
如绿洗流光
风细苔厚，是昨夜心情，
昨夜香云居小楼
听，一檐雨声。

晓来雨霁，秋染
不在流瀑飞雪
不在廊桥霜冷，
在水在藻，在礁溪藻曳
——一坞苔影。

## ■ 雨雾涂抹的黄昏

雨雾渐近，将黄昏

涂抹成灰烬的暗，

一切从眼睫泛潮

黑的白的，许多颜色

没有由来地发霉

心情灰了，雨染雾染。

栅外，不止的跫音

无所事事地温湿，

红桐落尽秋色

一怀落寞，秃兀冬柯苍颜。

落地窗前，我守候着

守候那林涧山谷

迷茫空远处……

礁溪雨雾渐沉，向晚。

## ■ 竹影折叠的夜

细冷的雨线，扯长了

路灯晕染的黄昏，

雾雨灰蒙了，小楼

一丛婆娑暗影，

影高影低，将不眠的夜

折叠成礁溪水藻的洄纹。

栏外，静夜柔长

爬墙的长春蔓

将柔长的不眠匍匐向

思念触及的远方，

我听见，隐约是您

如涧谷幽咽的回应。

藤蔓用那回应

缠绕自己，越缠越紧，

待山林晓色起时

青蔓断了，雨梦断了

碎了一窗竹声。

香云居独卧里，听院墙外夜雨飒飒、竹影婆
娑，这不眠的夜连接着海峡两岸，电话的那一头，
老母亲说不要惦记她。

## ■ 月蚀的海夜

月蚀的海夜

风，躁动潮水扑向沙滩，

断崖夜泊的幽梦

如那海滩一弧

被思念拉直，又拉弯。

月晕渐迷蒙，染了

一滩蟹脚的零乱，

我的徘徊，一步一步

落在深浅凹印里

挪不出记忆的绵软。

透过如幔的夜雾

谁，在抛锚靠岸？

我一袭雾裳

逗留在与你听海的昨天。

## 墙角，烁金的蛛网

墙角，扶桑篱笆

收敛了午后阳光

野雏菊炫耀的一丛静寂，

树杈间，一只大花蛛

舒展的螯肢贴紧网心

吐着烁金的丝。


丝，从一点圆心

向四面铺开，铺开

它的整个世界

它张扬无忌的贪欲，

偶尔，一动不动地蛰伏

只为更多地猎取。


山夜，一阵冷雨

滴破了蛛网，

它又从原点生发出
新的纵横交织，
一只撞网蝇虫被绞住了
那可会让它卷止？

如尘网的锈黄色
笼着梦里一枕南柯，
每个人都躁动地
编织一张网，囚于一张网
没有谁能挣脱而去。
当蛛丝粘扯向霉墙
一阵束紧的痛
我，被织进这蛛网里。

## ■ 祈年，一声撞钟

天地间，一声浑圆

轰响的祈年钟声

由近而远，掠过

山峰的静穆，太平洋的微澜，

这振聋发聩的伊始

顷刻，撞醒山野林丛

旧岁除夕的沉酣。

啊，第一抹熹微曙光

从海上泛起，泛红了

雀跃的苍发童颜，

那苍穹无际的回响

遥接天界梵音，

我伸长手心，一直

伸长向遥远的彼岸。

当粗壮的木杵最后一撞

平安祈福的宏钟

响彻岛屿，海峡，大地

余音绕在了新年。


辞旧迎新的祈年钟声，在 2016 年的第一缕曙
光中轰然撞响，久久地，回荡在苍发童颜、山峦
大海，天地万物之间……

秋

水伊人

2016年

## ■ 秋水伊人

三月的桃色
染了粉红陌上
一季相思，一襟芳心，
春风，醉眼一瞥
醉了清溪尽处
——远水伊人。

你，在那里
你不在那里
水之湄，水之坻
道远，道近，
我顺流而下，寻
逆流而上，寻。

水溯了，水洄了
寻，不知所寻

寻而无所寻，

蒹葭苍苍，秋水茫茫

遗落在冷露寒沙

——一汀白萍。


再读《诗经·蒹葭》而作。人生，就是一个
不断追寻而又寻而未得的过程。

秋水伊人

## 寂静，一如黑夜

我想触摸的寂静
如微颤之蓝羽
拂过月光暗自的流走，
它流向不可及的一片虚空
随意地晕染，用
夜色素浓淡的黏稠。

寂静，一如黑夜
我揽黑夜入梦，梦
炫亮如白昼，
谁的长长舞袖，在旋红？
舞落一溪枫雨
旋了夜梦的蓝幽。

松开蜷曲的手心
寂静，从梦隙冷瞟出来，

从四面的灰墙

渗透出来，它是

不愿被靠近的

夜，一如我耽溺的孤独。

## ■ 风里，咸湿的雨

风里，咸湿的雨
咸湿了我半闭的眼睛，
从半开的天隙
掠过的不经意，是谁在流盼？
流盼得黑白分明。

追逐而来，不是
身后一斜瘦影，
无来无去，是飘落的碎瓣
是那漉漉碎语
浇淋的释不开的心情。

竭力扯脱又竭力
被吸牢的磁铁，如
欲挣不脱的未过去的过去，
当风结解开雨结
一切止歇了，无声。

## ■ 月光回看的记忆

月光魔怔了，撕扯着

刚洗净的裙衫

不愿摩挲我的发际，

因为发际和它的脸颊一样的颜色

苍白的冷，如霜

不曾留住年华流逝。

鬓边的记忆，是

一绺青丝，绿语仓促间

已成花落流水的陈迹，

如篦梳的手指

梳理残留秋痕的

一丛枯发，如刺棘。

摊开的旧书残笺

我贪婪地，读每一个字，

想用那一行行墨色

染今夜如黛

染黛今夜月光，向鬓边

蓦然回看的记忆。

秋水伊人

## ■ 破碎的目光，跌落

惊怵的一声尖利
镜面裂了，破了
飞溅的碎片连同破碎的目光
跌落一地，
破裂声冷涩，如
生锈的深沉叹息。

入窗的那一块天空
被碎片迸裂开
一把碎星，谁在随手抛掷？
曾经的灿亮星眸
淬火了，坠散
如暗夜散落的黑色颤栗。

夜颤时，一窗寒噤
以往的匆匆回看

碎落在一笺纷墨，一笺乱绪，

这破碎——

在心镜，在心空

我，无遗漏地拾起。

## ■ 当天色暗下来

天色灰暗下来
夕阳拉长了狭窄的巷子，
巷口的烟青色柳影
静卧在麻石板上
晚风疏理它的发髻。
夜，侧脸躺下了
一半明，一半暗，
那是月光描抹的脸谱
捉摸不定地
变幻着诡谲的心思。
檐，翘破天一角
屋顶，一颗星星
开始它夏夜的游历，
当夜色沉下来
草叶尖的风，卷了
我听见，那小星儿呓语幽幽
在回家的梦里。

## ■ 等待，如你我的尘缘

你，跌坐在那里
开了又残，
残粘着枯茎不愿萎落
也许只为前世今生，等待
如你我的尘缘。

你静默地，嗅着
嗅月光的洁白
嗅被月光漂过的蓝夜，
嗅从远处，我步履匆匆来时
一刹心动的惊艳。

流萤提着一盏微火
我看见，你用叶隙渗漏的月光
凝视我的眼睛，
无语对视里，倏然滑落

一道雨虹的湿颤。

我深深地，读你
被污泥洗净了的美
读你，宛如处子冰澈的静，
静在生气跃动的
一襟清芳，一池清涟。

当天地精气聚生
我等待从画心，从池心
从我手心飞出一只粉蝶，
那时，蒲团青青
你素颜蜕变，如禅。


于深圳文博会，与孙忠梅教授陪同姜忠校长
观赏《荷塘》组画，画前立足久久……

## ■ 夜，停留在那里

寂寞拖着瘦影
孑然，徘徊在沙石地，
跃跃欲动的思绪
静了晚风的不安
当风沉默，孑影戛然而止。

夜潮涨了，骤然
我淹没了自己，
退落时，流影流月无声
从夜心的孤独
从孤独的不眠淌了过去。

木棉树的果荚裂了
不甘寂寞，风又起，
风飘一枚素笺
缤纷昵语，如一天星絮
夜，停留在那里。

## ■ 阳光背面的阴影

我疑惑地，凝看
透过银杏阔叶脉的一片阳光
轻薄如蝉翼，
我想看见阳光背面
谁，蜷曲在那阴影里。

一阵晕眩，是
幽盲的眼睛撕不开
灰黑雾霾的暗翳？
还是障蔽的锁眼
怯对视光明灼目的晨曦？

每一寸肌肤，习惯
煦阳抚触的温暖
不愿暴露肌骨渗出的寒栗，
那寒栗，来自
被抛掷的时空错置。

## 随形的影枯萎了

月光把梦的洁白
给了黑夜，开始变得苍老，
影子拽着瘦削的形
没有梦地游曳
曳厚了一地月光的暗晦。

随形的影，卷怠了
卷与形骸趔趄同行，
它想甩脱形骸拖拉的脚后跟
独自站在那里
站成路口的十字碑。

当形骸跌倒在风裂的湖镜
影子被跌成了碎片，
当我孑然形销
把自由还给影子
它，已黯然枯萎。

## ■ 雾夜的梦，我

雾把夜织入梦
如灰夜的梦
困了，蜷在一篱红芽赤楠，
如灰雾的夜，迷茫了
我跌撞在梦颠。

不会褪色是雾染的
迷迭香的夜晚，
月眉，盈盈一水
我赤脚蹚过去
听碎叶冬青，风中落残。

一地，雾色浓处
霜重的兽环门
我推开时光锈蚀的一线天，
雾夜的梦还在游
谁，走出了那道门槛?

# ■ 一段废弃的铁轨

一段被废弃的铁轨

在空旷里，执拗地伸延，

草不着边际荒芜了

它看不到，感觉不到孤单。

那是延伸向无尽的

永远的远方，

即使灰黑的枕木

已从石缝绿苔腐烂。

因为它相信，前面

就在前面——

有一条长长的铁轨

在那里，正敞开臂栏。

等待与自己交叉

等待交叉时，鸣笛

拉响荒野的风，呼啸而过，

天空，依旧湛蓝。

秋水伊人

## ■ 无人，撩开那帘

小院苔色，深深
灯光流淌下来
在秀发的柔波里潺湲，
指间掬起，无声
一缕凉滑的轻颤。

柳影，疏落一地
将月光曳残，
闲题短句，有诗，无诗
只有你能读懂
池塘芳草，春远。

春到西湖第几桥
梦醒酒醒，夜色阑珊，
晨光素洁，如
清风里茉莉花开
无人，撩开那帘。

## ■ 天空想逃离井口

天空，想逃离

狭窄的井口

挣扎着，跌落在了井底，

沿着冷滑的壁苔

井水浅浅地深

它爬上来，又跌落下去。

月光点亮的烛灯

萤火虫提着

照寻在井沿，井壁，

紫叶草匍匐着

听石头迸裂的笑声

冷脆，噎在了石隙。

我来不及，伸出手接住，

不是井底青蛙

是那井底的天空

沉闷一声，喘息。

## ■ 我的幽独，是

幽独，是大漠落日
孤耸的一座废城，
杨柳春风不度
我，是我，是那高垒的墙内
颐指气使的主人。

幽独，寂静如月
丰盈如月
站立缒绳吊下的城垛根，
月光用梦的颜色
把荒夜泼染了一遍
它，霜白地冷。

当沙漠风暴
裹着冻石，酷寒，烽烟
席卷而来时，我

驮着月光，驮着幽独的梦

逃回城堡的囚禁。

秋水伊人

## ■ 归之，无涯天水蓝

看不透的天之蓝

落入湖水清浅，

一圈绣漪泛起

在你的眼，我的睑。


可触及的天之蓝

低覆了西堤岸，

镜桥烟柳一掬绿

在你的手，我的腕。


永远的天之蓝

一任云舒风卷，

瞬间坠泊心瓮

在你的半开，我的半掩。


这五月的回眸

无聚，无散，

归之你，归之我，归之

无涯的天水蓝。


　　与大学同窗好友徐世璇、喻季欣相约于五月
北京，携游颐和园昆明湖诸景。神游西堤镜桥、
柳桥，东堤绣漪桥，万寿山养云轩，作。昆明湖，
古称"瓮山泊"。

## ■ 寂寞如夜，夜如

寂寞隐形在黑暗
与夜混淆了，我看不清它
本来面目的真实，
无法触抚的冷，冷如寂夜
一点星火，烁烁
想点燃这冷寂。

百叶窗筛进的月光
苍白地徘徊
跟随我徘徊的游目所及，
茫然滞留的寂寞
被盯了进去
锈固在那一道灰色墙隙。

白昼残留的嘈杂
被月光过滤掉

我，陷落夜的深静处，

当寂寞从逃离的地方逃离

挣脱了躯壳的

心魂，游归哪里？

## ■ 岁月蹒跚走来

曾经飘雨的芷兰路

小街楼檐下

桃红雨色，染了

碎花伞下少女的短辫梢，

早春，一颊淡粉

鼻尖快乐地微翘。


黄昏逼近，渐沉

一缕气息浊了

已挽不住春风杨柳腰，

我嗅到岁月

如收割后的稻草堆

蹒跚走来，苍老。


疲惫的脚迹，一路

随落叶深浅铺到，

南山枫林沉浸在秋雨灰茫

不再醉红流诗，

那一枚已从碎花伞沿

凋谢，流入泥淖。

秋水伊人

## ■ 江南的梦，无寻

夜的睡眼翕合着
寻梦，隐然的远声
如红雨飞瓣，
清晰地飘落，在桃花三月
在三月的江南。

风被清寂梧桐扯起
折回一地凌乱，
夜栖在木百叶的窗口
枕上，断雁几声
过了半掩的帘。

江南的梦，无寻
你，依稀就在那里
在夜的那一端，
若要寻去，如一点雁影
在洞庭远天。

## 忧郁，风一样轻

夜色泛蓝，如小溪
无断流漾在手指，
流星将夜空的躁动
划落清幽的溪，
我的忧郁，是划落的那一道弧线
沉寂在蓝溪的沉寂。

忧郁，风一样轻
撩动泛灰的鬓丝，
倦游的夜止了
灯火人影，在灰墙角消失，
野草莓还在点数着星星
染紫了一串数字。

又是一个下弦月
缺的，是眠残，是夜半，

它追逐忧郁的风
跌入心绪的洄流里。

## ■ 河水，暗然流淌

河水，喑哑地流淌
发不出声音
河床乱石如堆叠的枯棘，
我走过桥心时
桥栏悬浮的灯，惊了
沉落到涸水浅底。

一段朽木挣扎地在漂
从桥拱下漂走了
村头老槐树的断肢，
黄土贫瘠的河坝
等待春天回暖
将芷花的梦捂入沙泥。

当静滞的沼泽
漫无目的，开始漂移

我的忧伤在漂移，
向着小河黯然断流的远方
带着最初的水草丰茂
湿润的记忆。

## 你的星眸，淬了

你的眼眸熠熠
一天星光，
我以为那是灿烂银河
流云织锦的七夕
隔岸，听流水淙淙。

那一个仲秋之夜
星眸的光淬了，
从此，每个秋夜
不再有梦，我无梦地
眠在一帘淡风。

今夜，一天星光
骤然流泻下来，流泻成
一条银色长河，
我坐在小船尾
看见，天河一卧霓虹。

秋水伊人

## ■ 一束光影消失了

一束光影消失了
当太阳升起，矇眬中
我还在游移，
游移在夜尽的模糊边界
寻找昨天的影子。

我以为那是一道霓虹
卧在雨后的天际，
天很高，很蓝
它，很美——
美得那么不真实。

霓虹虚缈的七彩
色炫，目炫，
炫如魅惑的月光潮汐，
涌过来时，吞噬一切

我呆然沉落下去。

天，还是很蓝
梦在远方，很长，很远
雨虹在哪里？
谁？会踏寻我今天
逗留清晨的梦迹。

## ■ 我，选择忘记

我选择忘记，想
还原到一纸空白
由自己涂鸦，任意地措辞，
可它如一枚冷钉
在那一刻，被握锤的手
重重地锤进了心壁。

冷钉塞住了，已经
感觉不到锥痛
即使在阴郁天滂沱泪雨，
直到岁月滋生的
暗铜色锈液
浸润了每一道壁隙。

有一天，我想
把它从记忆的裂缝抠出来

用皴老骨瘦的手指，

一点一点，却

往事锈蚀成碎末

一切，终结于尘泥。

秋水伊人

秋

水伊人

2017年

## ■ 我的天空，低了

我的天空，低了
低下来如一片薄锡纸，
心，被沉重倾轧
无法自由地伸缩在属于它的
没有边框的空间距离。

低空远处，浮动一卧地平线
我磕绊着走过去，
那曲线的诱惑
虚幻向伸手触及不到的
永远存在的真实。

地平线，在挣扎
不愿沦陷到地底，
谁揭开了黏闭呼吸的一纸风
从风隙透过来三叶草味的清新
我是枯了，还是寂？

## ■ 冷漠的寂，如暗夜

寂，从地底冒气泡
淤积在我的荒墟，
手脚忙乱的蚰蜒
想爬出那苍苔覆盖的腐湿。
远处，针叶松茂林
薄雾如帐扯起，
针叶尖的寒天在颤
起皱了，一层苍老树皮。
冷漠的寂，如暗夜
囚在心囚的笼子，
涩苦堵塞了夜的吞咽
溃围的黑潮在漫迷。
那不堪重负之下
谁听见了夜的啜泣？
阳光里的晨风
总是把它，轻飘了过去。

## 梦醒的泪，如

坟上的一竿春幡，
那是您的红花薄衫，飘起，
我用思念的风
摇动，飘起它
在黄昏一抹血色里。

如一点磷火游荡
是星光浸涩的眸子，
风把它摇落在我的眼窟
那幽蓝的冷光
为谁，思极而泣？

泣液流落下来，如
黑褐色的沥青
流走了右眼底那一粒泪痣，
我扯紧泪线

却无力把它串起。

半掩的门外，您
轻声唤着我的乳名
两鬓花白依稀，
倏然，一帘晨风，我醒了
梦醒的泪如冰滴。

　　母亲平素喜欢穿那件黑底大红花的薄毛衫，
说那花色吉利。她患重病期间，时常于门外唤我
的乳名，清晰地将我从梦中喊醒，而当我挺身坐
起时，她却在隔壁房间鼻息微微地睡着。母亲走
后，这喊声也走了，只有思念的梦还在，每
每……

## ■ 雨夜，在泄漏

雨夜，在泄漏

从被滴破的蛛网空洞

一滴，一滴

泄漏午夜的清寂。

雨点搓揉的夜

碎了，如星语零落，

我听见了心溪

一溪星点儿在嬉戏。

围不住的雨夜

冷脆，碎璃似的流向院墙外，

墙角一丛栀子花

开的，谢的

静静地，沐浴在那里。

## ■ 一堵没有墙的墙

一堵没有墙的墙

严实，横在面前，

我用心的触须摸索过去

一丝冰冷寒气

从无缝的墙缝透过来

逼向眉心如锥的颤。

黑月晕染的雾墙

一层，一层，重重砌在

睁不开的单薄眼睑，

我竭尽力气推开它

明灭不定处，若无若有

那是心魂自我救赎的

——一线云天。

## ■ 一抹残醉，留在

水流走春，不是落花
不是秋千影索，
春残的素颜
被江南杏花烟雨
淡淡一笔，描过。

我的一抹残醉
留在夜少，留在昼多，
醒了，未醒
入梦，入心
入一笺乱红薰墨。

绿荫暗掩的小院
窸窣虫声踩碎
一径叶絮，一藤荚果，
风柳斜斜，读懂了
这春尽时的回眸。

## ■ 一切，一冢归尘

风尘脚步，匆促，疲惫

走不出荆丛迷径，

只有孤单的影子

没有逃离，一路随形。

我用空洞的盲眼

窥看阳光的真实，

无光无焱，无颜色

无数黑点纷争。

太阳遮蔽的黑暗中

我，苦途长行，

谁在寻找存在的意义？

等到那足音寂灭

一切，一冢归尘。

## 一院夜色，拥紧

篱笆把一院夜色
拥紧在臂弯里，
紫藤向墙外蔓生出去
蔓生向邻家月光
葡萄井架下茶盏笑语。

如锯木屑的文字
碎落在页心，泛黄的墨渍，
那一页，如月光斑驳
如斑驳抹不去的
圆了缺了的记忆。

街灯无序地扑闪
匆匆行色点缀小巷的冷僻，
墙角，风竹声如箫咽
一窗睡意渐沉
在，月明夜暗时。

## ■ 归来，紫薇花依旧

我，走进下午
紫薇花气氤氲的阳光里，
落地长窗外，淡淡
一襟暗香扑来
依稀如昨，如今。

这是从蓝蝶翅尖
舞落的下午，
游思，漫不经意
在蜈蚣草尖挽了一个风结
散尾葵一蓬沉静。

陌生的气息，一阵
久违的熟悉，
我轻轻触碰，那
已掩卷的书册

犹夹着的一枚清晰背影。

风起了，你在路上
待风尘归来时：
一树烂漫紫薇
一橱淡然墨香，溢出
在远，在近……

　　深圳大学文学院 2100 办公室，曾与景海峰院长以及南翔教授、东林教授、剑滨博士、剑华主任共事六年。当我再走进时，落地长窗的栏杆外，一树紫薇花依然开着……

## ■ 我还游走在夏季

雨，一阵惊秋

寒了树颜，我还游走在

清凉无焱的夏季，

那是清风挽系的

绿篱拐角，你

对襟白衫走来的夏季。

院墙角的半截树墩

不再旋转年轮，

那个仲夏之夜

我听见一个风漩，流走了

流落在荔枝林

稀疏，几声蝉嘶。

窗外，紫薇花零落

一夜秋雨，淋湿了陈年墨香

用书池荷露濡写

参差的诗句,

我深深地嗅寻

哪一行脚注, 有你?


　　写给深圳大学文学院2100办公室问永宁教授。
书池, 在紫薇树掩映的后面, 是深大校园西北谷
一景。

## ■ 那栅栏边的木槿花

五月的紫荆花

抹着玫红色的颊晕，

一簇一簇，探出白墙外

深的，浅的

呢喃着一季心情。

墙外转角，春迟

稠李树下自成蹊径，

又到海棠开后

淡了，一襟春思

浓了，一院昼荫。

那栅栏边的木槿花

寂寞在阳光的寂寞里

朝开暮落，无声，

它，一直在等待

等待如约来时

——秋色未老

与你与我，烂漫地凋零。

加拿大的冬季漫长，春天乍暖夏天已至。志敏家前庭后院的花依次开着，那栅栏边的木槿花开了谢了，烂漫了一季，如同我与志敏的相约。

## ■ 无人相约的栅栏

老藤布满青筋

将一生纠结，无力地

爬满半截土墙垣。

碎石子小路，铺砌

旧时的记忆

踩过去，一径向西折弯，

巷尾，檐铃声止了

木格窗半掩轻寒，

风里花落如旧

一拱铁门落寞地耸着

玲珑紫茉莉，在

编织等我迈过去的栅栏。

无人相约的栅栏

月瘦黄昏庭院，

暮光泛时，暖了梧桐秋色

桐荫里缓缓走来

如薄雾流眸，那是

谁，抹不开的苍颜？

秋水伊人

## ■ 那个午后的长廊

雨点清疏的午后
一笺小诗，一盏清茗，
读懂一生一刹
与你的情浅情深。

檐下，三月冷雨
梨花如絮飘落，
压一树海棠
浅白深红尽是春恨。

一寸柔柳，一绺相思
已被春风剪断，
草尖拴住的风语
谁挽起，在听？

那个午后的长廊

木屐声轻湿，

栅栏边的蔷薇

开了，谢了，缘来缘尽。

秋水伊人

## ■ 梦外，梦中

月，近在水榭
洗了木廊的霜淡雾浓，
孤独游走的夜
走失了江南落樱
漫天风露，谁懂？

一枕未眠欲眠
夜流，咽断了凉凉，
斜月低窗时
星眸的火明了暗了
梦外，梦中。

当夜游的残梦
醒在白昼半睁开的迷濛，
晨光，叩门轻轻
我沉了，浮了
又是一帘清风。

## ■ 一地柳影，趴着

一地柳影，趴着

落花飞絮轻，

细柳扶风的疏朗暧昧

绿了池塘春生。

春色多处，在

笑语踏青的柳陌，

风摇，摇醉了

一寸柳腰，一绺清影。

蹒跚的鹅黄雏儿

踩柔了风与柳，

小丫辫梢的粉红丝带

飘落在了柳心。

风里，我挽青丝成缕

流连在三两枝，

不是柳眼未开

只为柳老春去，无寻。

## ■ 过去了的过去，在

我在找寻，找寻
一束阳光的记忆。

找寻一束阳光下
那一季春风，
三月草长，莺啼柳影
绾了伊人秀鬟。

找寻阳光下伊人
那一瞬回眸，
懂了未懂，尽在
似蹙非蹙的眉际。

找寻阳光挤进的
那一墙夏荫，
私语如烟浮动

帘外风轻，一窗绿低。

过去了的过去

在，一束阳光里……

# 秋

水伊人

2018年

## ■ 梅，染一庭春雪

梅，染一庭春雪

华府石阶未扫，

只为与你，一约再约

不约而至的顾盼。

帘垂，洁亮的窗外

雪压紫竹沙沙，

围炉笑语，一如懵懂少时

不知雪深夜阑。


留意，别意

不在三闾桥风雪折柳，

晓来，一天晴光

暖了那树红叶冬焰。

雪色渐浓时

兴尽，兴犹未尽，

独自黄昏归来

拈半枝梅朵，斜插鬓边。

恒大华府冬末，梅染一庭春雪，发小亚萍和刘静、刘建跃伉俪风雪夜来访，围炉扑克笑语，至夜半，至天晓……

## ■ 紫藤萝花，开了

与你不遇的拐角
三月春色，攀爬在石垒墙
一挂藤蔓绿枝，
它把久已丢失的
踏青心情，拾起。

身后，僻静小巷
与裹挟的黄昏游移，
海棠花铺落一径
藤萝选择守候
犹趴在墙沿，等待风起。

矮篱笆围不住
花序纷乱，喧闹着它的美丽，
蓝紫，白紫，粉紫
炫紫了一阶苍苔

无人，一院空寂。

墙外，我静听花絮
听紫藤萝花瀑的流泻里
可会夹杂有——
你的，春风的
一串素洁祷语？

未约如约，谷子家的院墙里，紫藤萝花喧闹
地开了。

## ■ 谁，听见我的哑默

昼决绝地坠入夜
夜，一阵躁动，
谁听见我沉陷黑暗的哑默
是失心的白月光
还是痉挛的风？

哑默，如裂缝的石语
是发不出声的自噎，
扭曲的记忆，嘎吱扭断了
石根的野蛇莓
点点血紫斑的红。

风，将月光流进
结痂的封闭日子，
疤痕渐已褪色，只留一枚
心戳的猩红朱印
残凿的篆字，在隐痛。

## ■ 沐水的月光之夜

缓缓地，幽暗树林
移动在纱薄雾夜的漫弥，
沐水月光，如一绺冰丝
从手臂滑过，缠过，
一掬雾月瘦影
忧伤的思念碎了一地。

听莲绽开的悄音
按捺不住瞬间心动的悸，
微风拂过来，一朵莲嫣然
如徘徊不忍离弃的
伊人浅绯雪颊
眠在月光呢喃的晨曦。

飘忽不定，是那
宽恕的足音蹑过

是流雾带走的苍白唇边的诉泣，

渐去，渐逝时

散落在森林月光的

湖面，一圈涟漪。


陈一新主持、张海鹏主讲《20世纪——印象主义与表现主义》。

【奥】阿诺尔德·勋伯格是二十世纪现代音乐之父，他的《升华之夜》充满晚期浪漫主义音乐气息，表达了纯净的爱情忧伤。

## ■ 想飞，像珙桐花

心在跃动，我，想飞，

在如花的白鸽里

如白鸽的花里

扇起一地细碎绿荫。

天空盘旋的金雕

翼下，忽掠一阵疾风，

我顺风跃起，飞

像那苍藤老树上

翩然绽放的珙桐花精灵。

可是，灰蒙的天布

用没有边际的巨大温柔

把我包裹住，如

冻土包裹萌芽，紧紧。

## ■ 年年柳色，不须

旧巢新燕，归来
又是薰暖时节春晴，
听雨絮风絮
依依，飘飞黄昏。

二月新柳绽芽
鹅黄色飘着淡淡轻荫，
谁挽柳丝为髻
与我，陌上踏青？

斜阳芳草，铺去
已杳萍洲故人，
愚溪桥年年柳色，不须
——朝雨洗尘。

## ■ 那一扇天空起皱了

从严密无隙的墙壁
心窗，伸了出去，
伸向已知的未知，想窥看
臆想中的天空。

风在阔大天幕恣意疯扯着
比树丫撕扯还凌乱，
把凌乱的纹理
塞满了心窗的窄缝。

那一扇的天空起皱了
云紫，雾红，霞黑，
一道一道揉搓
银河如血色长虹。

当虹尾嘎吱断裂了

从半空中倾倒下来，

一瀑天水，真实

像我梦里嗅到的一样稠浓。

秋水伊人

## ■ 用眼眶空洞，接住

星星，夜布的小窟窿
有一窟藏着锈泪的眸，
风把它摇下来
我用眼眶的空洞
接住它的坠落。

谁在哭？滴落
痛极而泣的银液结晶，
如忧伤的灰珍珠
镶在斜襟的红绸衣
心碎，一颗。

借星泪点亮的幽光
夜，一路趔趄
淌过去那条冷峭的银河，
寻找尘蚀的记忆里
对岸，影行的我。

# 夜，寂寞地醒着

夜，寂寞地醒着
如野火的星光
点点烁动，不甘沉寂，
它点燃上弦月
雪色燃烧的颤栗。

我嗅到月牙的颤
若勒紧了的，一缕银丝，
网织的银黄光晕
太浅，无力将夜
拖出沉默的黑色哑迷。

踱不出树林的幽暗
一刹，自己的存在
恍惚是一种不存在的虚拟，
摇动的，呆立的

都被忧郁蓝雾隐蔽。

当月光把我还给夜
影子碎没一地，
夜，被月光柔白了
留一洼锈红斑驳的落枫
泊在有风无声里。

## ■ 错失，不是错失

站在黄昏的岔口

茫然了昼与夜叠合的界域，

选择错失的错失

也许，那不是错失。

错与失，谁能完全辨析？

不要痴呆面壁的残喘

不要憾恨，花

美丽凋谢在春风里。

当从蛀牙剔渣出

人生的五味杂陈，

失去味觉的我，留一味

任记忆反刍，嚼细。

## ■ 凤凰木的春思

三月春态，在柳
在一搦柳腰挽在风吟，
待柳色婀娜尽了
灿阳里，凤凰木一蓬嫣然
染了小巷春深。

当夕阳熄了最后的炽情
它，翩然起舞，
那是凤与凰之舞
是爱恋之舞，一直到死
才会足止风静。

花叶在旋飞，如羽，如火
如凤凰之涅槃，
可我听见树心的寂寞
那火红的寂寞

焚烧后，一地春烬。

益田村的步道旁，一株枝干高大的凤凰树，树冠宽广伸展着，嫩绿叶子托着火红花簇，远远看去艳丽欲燃，每每让我为之止步。

凤凰木：取名于"叶如飞凰之羽，花若丹凤之冠"，别名"金凤花"、"火树"等。

## ■ 潇湘苑听雨

一枕雨夜，疏疏
芭蕉曳窗帘低，
帘外，千古泪蚀的竹斑
如深烙的眉痣，
雨寒时，有谁看
——秋萍点点
在水在洲，在鬓丝。

雁过无声，寻去
那木栈荒渡的彼岸
有我，有你，
可红叶舞落回风
不成一笺诗绪，
楼前，湿了一陂潇湘水
远峰数点，无语。

湖南永州的萍洲，是潇水与湘水的合流处。
应谷波涛之邀，与大学同窗蔡建和、黄瑛、陶第
迁、赵江平、龙国庆游萍洲"潇湘苑"。借清灵潇
湘，作诗一束。

秋水伊人

## ▓ 竹楼，一夜听雨

曾经的西窗夜雨
留与谁在听？
独卧竹楼，一夜听雨
湿了墙角虫呓。

夜的冷泣细碎，如
残瓣飘落衣襟，
一捧笑痴，无人收葬
芳华成塚的记忆。

墙沿的木香藤
把潇湘苑拉得瘦长，
失魂的雨夜
飘着梦的晕黄，在游弋。

雨深时邻家笛寒

寒尽三更，寒尽小楼，

待清晨雨收

苔阶，一行屐齿。

秋水伊人

## ■ 走不出的潇湘夜雨

雨窗的梦，湿了，

湿在——

一夜虫鸣，一夜风絮

无语的耳鬓私语；

雨夜的梦，醒了，

醒在——

一帘芭蕉，一帘残月

无思的静夜相思；

萍洲的梦，远了，

远在——

一痕云踪，一痕竹斑

无祭的千古心祭。


我走不出，那

一段留白的潇湘夜雨

## 楚天秋枫，晚

小院暮雨轻寒
入袖，寒了石阶苔藓，
纷纷叶落季节
墙头的柳消瘦了
楚天霜枫，正晚。

潇湘烟水，笼
一汀草色绿暗，
梧桐深荫，昼睡未稳
帘影，帘风
减了秋声一半。

看夕阳渐斜，犹
挂在一抹远天，
灰霭用冷色的萧疏心情
染了红叶亭
麓山层林的红颜。

## ■ 一汀萍踪，寒

秋，乌桕树艳了
在远处折入的金沙湾，
水落，石枯
咽了咕咕蛙声
一汀萍踪，渐寒。

末了的尘缘，在
橘子洲头回看，
梦，难入潇湘
那冷雨淅沥，半窗声碎
黛山一水，已浅。

岳麓山骨嶙峋
瘦了枫亭坐看的思念，
晚来，一帆风
樯影烟波里
两行雁字，入暮天。

## 燕归，未卷帘

一径花落，春老

无雨无风，闲来闭门，

燕归，未卷帘

懒梳风鬟雾鬓，

高墙春光里

依依柳腰瘦了几分？

天涯芳草，远

倚栏，月残黄昏，

正梨飞雪

谁人相待，月下抚琴？

一枕峭风起时

寒了小窗，夜深。

第一次见到馨元就没来由地喜欢了，素雅的
她给人一种淡淡春的感觉……

应邀做客音乐家丘英宏、张馨元伉俪的鲸山别墅，深深庭院，亭台荫浓，正一径花落。拟其夫妇小别，作此诗。

秋水伊人

202

## ■ 恨潇湘水，远

紫杉树叶，沙沙
撩乱了那块泛灰的天，
天边的轻阴心情
入半扇雨窗
黄昏，欲掩未掩。

曾经小院荫浓
一篱菊黄，对酌
风铃摇响的午间，
瓷墩上敲棋
叶落不语，风过绿檐。

红豆藤犹蜷着残秋
未老的素颜，
相思子，纷然零落
将一季零落在

石阶的紫黑苔藓。

霏霏雨烟，渐淡去
向无寻处弥散，
漂洗过后的空蒙山色
若有若无中
恨，潇湘水远。

## 子子，形与影

影子，把孤独
从陌生的街拐角拉伸出来，
我赤脚，衣衫褴褛①
嵌入独行画
寒冷蚀骨的风里。

子子，一路同行
形与影相依，
形之影，影之形
游弋着，将路灯泼洒的昏黄
弋成一地迷离。

影子嗖地跃起

---

① ［美］瓦萨·米勒（Vassar Miller）说："一个诗人
进城，赤着脚，衣服褴褛，但谁也不会注意。"
我不是诗人，但坚持写诗，为寻找自我心灵的存在感。

它挣脱幽独形骸的束缚

邀月，花间舞低，

影消形瘦的我

跛行，在夜佝偻时。

## 清浅池塘的睡莲

清浅小池塘
睡莲，抽出一簇冷艳，
它等待姗姗足音
踏醒晨露来时，褰起红袖
与白鹭掠影翩跹。

莲蕊柔软处，开出
一朵美丽的小诗
清风将它摇落在圆荷绿笺，
我，俯身拾起
旧题诗稿续添一联。

池心，小荷出水
洗尽铅华，尘垢无染，
如麒麟山脚下
春回竹篱时

洁来洁去梅蘸雪颜。

待雾幔静悄扯起
一池风轻，它裸浴月光，眠，
梦的莲呓戛然止了
留朦胧一句
在我不经意回看。

　　与姜忠校长、陈晓峰教授邂逅于麒麟山庄，
清浅池塘，半围竹篱，清艳的睡莲乍开……

## 麒麟山秋居

麒麟山雅居，拥过来
古榕树的葱茏，
炎炎夏日已逝
庭前，绿荫蝉嘶
歇了喧昼的车尘匆匆。

没有了长亭折柳
亭台檐角绕挂暮色的从容，
拾阶，独自踏来
一径落叶未扫
山林秋寂，秋浓。

栏外紫荆花叶
掬露点点，如星目烁动，
我采撷一叶夹在缺页的记忆
无眠，虫鸣声里

冷石清溪淙淙。

篱墙夜色如水
谁，听月沐的竹风?
那风吟的天籁，回眸时
在斜倚的木栅栏
在昨夜，小楼东……

麒麟山 3 号楼前，一蓬古榕葱茏。夜深，栏杆外紫荆花树婆娑，山林虫鸣，溪沟的清咽声入梦里……

秋水伊人

## ■ 小桥，独立黄昏

三月杨柳岸

曳绿，春色别是一般，

无人青橹摇桨

小舟悠然横泊

水边竹外，渔钓梦断。

独立黄昏，风入袖

未抵杏花雨寒，

一树少女的嫣红

谁先折南枝？

傍小桥，斜出竹篱二三。

麒麟山居，又

被新愁分了，春色犹浅，

花的幽独心思

开到荼蘼已老

樽前，白发苍颜。

苍苔旧迹无寻
老来情怀无须酒底嗟叹，
暂且付与，这
一径刺桐飘红
花开花落，闲时看。

黄昏，漫步麒麟山石桥柳岸，闲寻与姜忠校
长、红英主任长携游的旧迹。

秋水伊人

## 蘼芜花气的幽夜

秋水伊人

孤独一圈一圈
圈成夜短夜长，送来的梦。

蘼芜草细碎开着花
郁香幽微，飘过矮篱荆丛，
入梦的夜，惑乱了
绕在花气的迷蒙。
雾，从山腰爬上来
惨淡的灰白漫开，
我瘸着脚，惊恐地奔逃
漫过来的，一堵雾墙高耸。
羸弱的影子压扁了
我抖动双手，想撕开这雾，
可雾墙越砌越高
如隔断去路的千刃陡壁，
透出来一缝光亮

213

乍裂开，又合拢……

益田村散步，浓郁香气随夜雾暗暗飘过来，我嗅过去，是篱边的蘼芜草细碎地开着花。午夜，那幽香入梦里……

## 落叶惊秋，骤寒

落叶惊秋，骤寒
陌上，一行柳浅
一树槐深，
迟迟白昼渐暮
犹记当初红叶晚亭。

萧疏冷雨已收
江泮，几丛杜若
数点鸦影，
寂寞了无人采芳的橘洲
瘦了白鹭沙汀。

梦入潇湘烟水
溪桥，一滩渡荒
一泊舟冷，
与谁瓮饮？烟雨独钓
江上远峰孤青。

## ■ 心灵的祭台

踏来，一方草坪

铺开心灵的祭台，

人语车声，广场的喧闹

在这一隅过滤尽，

我，久久地跪立

仰望天宇如沧海蓝的空灵。

深邃莫测的云窟

有一只凝视着我的眸影，

夜空，一束云絮

学我的长发飘起，

飘向天际的渺远

那是我想伸手触及的无垠。

我交出全部灵魂

高举过头，捧给俯视人世之神，

倏然，一道璀璨星光

从苍穹顶划落过去

我知道那是袘

在无穷尽处，回应。


　　益田村广场东边一角，方正一块高垒的草坪。
四下无人里，我以此为心灵祭台，久久地跪立，
仰望夜空云窟……

**图书在版编目（CIP）数据**

秋水伊人 / 范晓燕著. --武汉：长江文艺出版社，
2022.12
ISBN 978-7-5702-2740-2

Ⅰ.①秋… Ⅱ.①范… Ⅲ.①诗集－中国－当代
Ⅳ.①I227

中国版本图书馆 CIP 数据核字(2022)第 070374 号


秋水伊人
QIUSHUI YIREN
___

责任编辑：王成晨　　石　忆　　　责任校对：毛季慧
封面设计：胡冰倩　　　　　　　　　责任印制：邱　莉　　王光兴
___

出版：长江出版传媒　　长江文艺出版社

地址：武汉市雄楚大街 268 号　　　　邮编：430070

发行：长江文艺出版社

http://www.cjlap.com

印刷：武汉市籍缘印刷厂
___

开本：600 毫米×900 毫米　　　1/16　　印张：14.25　　插页：3 页

版次：2022 年 12 月第 1 版　　　　　2022 年 12 月第 1 次印刷

行数：2930 行
___

定价：39.00 元
___